Kotter Editorial
2021

Fragmentos do poema:

O QUE JAMAIS SE PÕE ENTRE AS PEDRAS

coordenação editorial
Sálvio Nienkötter

editor executivo
Claudecir de Oliveira Rocha

editor-adjunto
Francieli Cunico | Daniel Osiecki

capa | projeto gráfico
Paula Villa Nova

produção
Cristiane Nienkötter

Dados Internacionais de Catalogação na Publicação (CIP)
Angélica Llacqua CRB-8/7057

Lopes, Bruno Prado
O que jamais se põe entre as pedras | Bruno Prado Lopes
Curitiba: Kotter Editorial, 2021.
124 p.

ISBN 978-65-5361-009-5

1. Poesia brasileira 1.
Título "O que jamais se põe entre as pedras"

CDD B869.1
21-4805

Kotter Editorial
Rua das Cerejeiras, 194
82700-510 | Curitiba/PR
+55 41 3585-5161
www.kotter.com.br | contato@kotter.com.br

1ª edição
2021

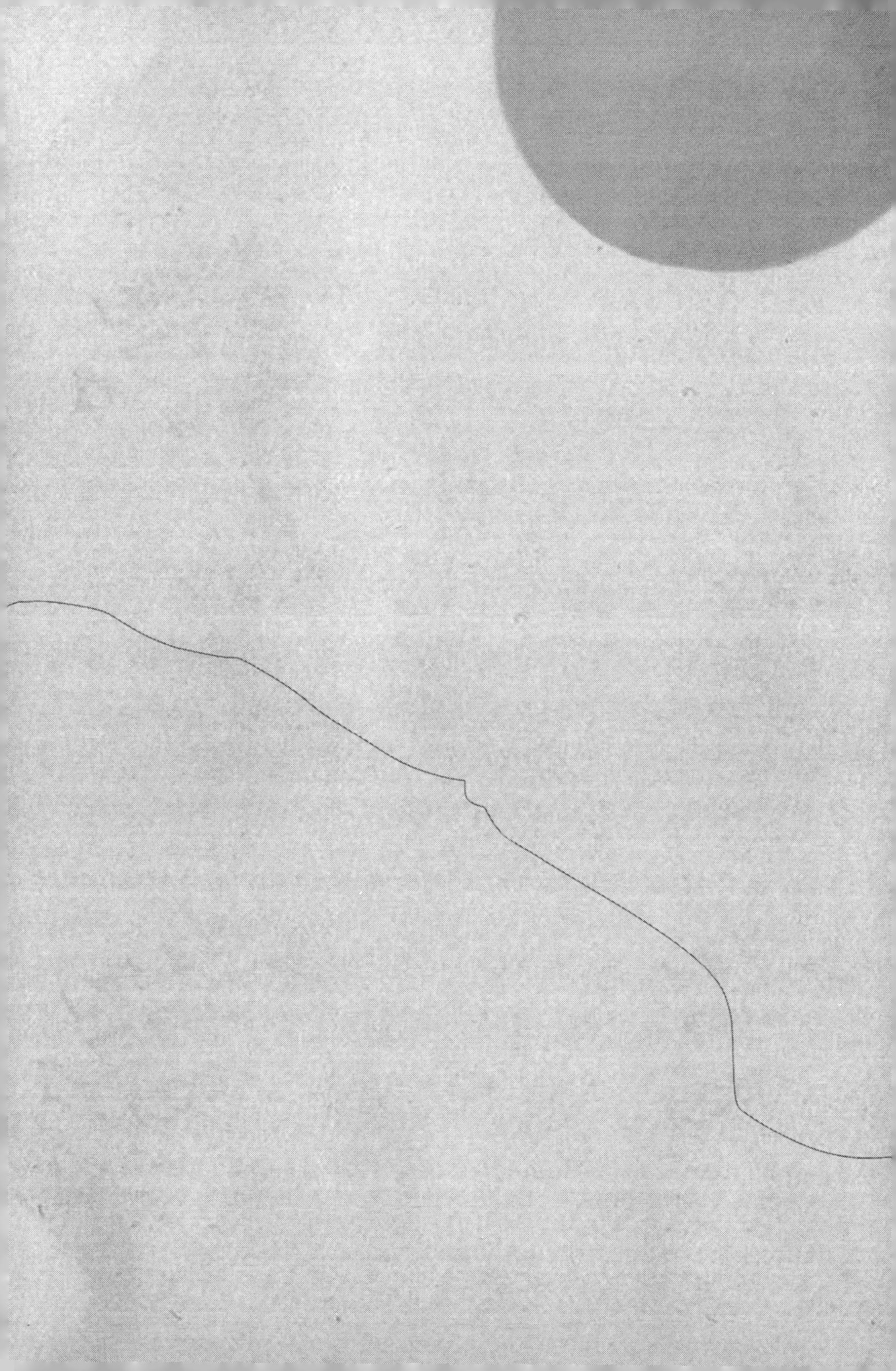

Camille Claudel. Clotho - 1893 Musee Rodin

Aos que antecedem aqueles que virão...

"Não é o fogo que se está a apagar,
é o dia que se está a tornar muito mais frio"

Maria Gabriela Llansol

"O fogo não é o fogo enquanto não nos tiver queimado.
Ele é a imagem enganosa do fogo."

Edmond Jabès

fr.1

«mesmo aqui, também estão presentes»,

... em ruínas,

remendos

fragmentos —

---

era a casa inabitada
a descortinar o pensamento

a sobrepor todos os espaços frente à rua quase etérea,
no azul quase quieto, senão pelo voo circular das aves quase negras —

há a presença do som que penetra pelo vento,
que se embrenha caminho adentro
numa espera profunda —

há a ausência da fonte,
a impossibilidade de tocar o leito com os dedos

e a criança lê,
lê com a voz baixa
sobre os escombros da barbárie —

mesmo aqui, ainda estão presentes,
no estalo noturno da madeira,
nessa demora que só denota beira —
de chegadas e de partidas

---

assoma
a morada trágica

em sua soma de sombras:

o de-morar-se aqui

há de se habitar este aposento involuntário,
a quietude desse cômodo, efêmero

novamente — pela primeira vez

a passagem, o incômodo de recolher a sombra
por entre os pés
                                    no apagar da luz —

o sol arde por fora:
dita a poeira do pensamento —

aqui, tão-só o habitar da língua,
essa espécie de cuidado com o desejo

e permanece por detrás da esquadria
com os olhos centrados a observar
                                            uma suposta epifania —

em verdade, a colher o vento da tarde,
de uma tarde que arrefece,

que arrefece sem verdade

e disseram acerca do pensamento:

talvez não haja lugar melhor que agora,
ou simples razão para sê-lo!

(*e com os olhos abertos, as pontas dos dedos*
apontadas a tempos para dentro) —

mas insiste:

¿por que resiste entrar à poesia,
por que resiste desfolhar o pensamento?

e toca-se o início
que floresce num só poente —

essa imagem que surge única pela milésima vez,
a palavra desapaixonada perdida pelos lábios
a palavra-imagem do agora —

que sendo — enquanto — é o que permanece...

e com as mãos sobre o fogo,
e com as mãos sobre o fervor da água

observa o tempo vacilante

observa e cumpre tirar do fogo a água
e cumpre seguir a mesma rota intermitente
com o vagar de quem rabisca
com a vagueza de quem escreve sobre pilhas,

sobre pilhas obstinadas pela ira

---

há uma luz excessiva,
e já não há chamas...

há uma luz extremada de sol que perdura
e já não há chamas...

e sem que haja qualquer calor do fogo, desce à noite a invernia,

e teima-se fiar sob o frio,
e teima-se fiar sob o sol,
e teima-se à chuva fiar, continuamente...

---

sem rastos ou rostos no poente

inscreve-se o rito,

sem quaisquer preces ou mitos,

e tece continuamente a narrativa,
relatos de um tempo exíguo:

um ressalto que se nega de sobreaviso —

---

e tiveram por testemunho o início,
a sina-inaugural, o indizível —

o ato
contínuo, inalterado;
que arrebata tudo o que consome,

desmedido até o fim, até o findo, afinal...

e se há potência do não
um só nome é possível: Agora —

aletheia,
que o tempo não devora

fr.2

não há refúgio ou exílio de onde escrevo
no ventre das palavras —

há aqui somente a sombra de muitas mãos,
mãos a desterrar os corpos,
a desterrar o pensamento —

por certo, há uma forma de recusa,
uma ferida
                                        ... o esquecimento —

um sítio — longínquo — à superfície do
                                                            silêncio

há uma ausência, que busca na luz
da lâmpada, no incandescente do lume
o ponto exato — onde a língua toca
o extremo da linha,
                                        na passagem: à ponta
                                                        da lembrança

não há territórios no tempo,
nem certezas descritivas —
e nem que haja supostos fatos, factos, factoides
haverá prevalência sobre o impossível

---

e talvez os sulcos na madeira desta mesa
digam mais ou decerto não digam nada
em como se erra o poema
ou em como a noção mesma da escrita
esteja presa em si

... e sem que haja quaisquer traços de tinta,
fumo,
álcool
ou oração

a palavra seguirá em direção ao nada
como as trigêmeas seguem a tecer o mundo
em uma tessitura contínua

contra a vaidade, a usura e o poder

fr.3

são os dias que se deitam sobre a terra árida,
dias estreitos, de ligeira percuciência;

mal chega o inverno
e fere a pele —

o curvilíneo dos braços magros,
de galhos secos, com os cortes do aço pueril

tempos de outrora;
de folhas secas sobre o chão de pedras —

e apodera-se da lâmina a escrita,
a lâmina contra a casca seca do lenho

sem degraus, os passos permeiam a imagem da rua,
incorre o movimento gris

imagem distante e incorreta

entre o verdor e o ocre,
entre o ocre e o grená...

e eis novamente
fechado ao silêncio:

pedra e limo —

na mitigues de um testemunho ínfimo
e tardio

... que não se perdeu à curvatura do céu,
... enveredou no vento passageiro —

a ruptura violenta

com a batida das mãos ...
com a angústia tardia da madrugada —

uma fenda a abrir-se à linguagem:

«uma forma de se
desapegar
de si

ocupando-se
de si»,

o temeroso véu
que nos toca de viés no interior da escrita,

no lado de dentro
onde nada se refaz

um anseio apodera-se da palavra,
de modo irrequieto reconheço o espasmo

sigo solo, ainda que diverso —

---

a passagem se reduz a cada dobra,

no epicentro de si, a imagem é clara:

o silêncio —

arqueja a voz e nada diz

frente a barbárie,
escreve-se para o olvido

sem dicção, trava-se a língua
obscuro, se desvanece

fr.4

le Paradis n'est pas artificiel —
o paraíso sequer existe

é preciso partir do início, contar as horas,
e com a ponta dos dedos, percorrer a margem

a linha seguir o percurso da boca,
a ressequir nos lábios da vigília —
a brutalidade, ele disse...
a brutalidade

a brutalidade
e seus desígnios —

... e romperá:

«ainda que rareiem as palavras,
ainda que não se compreenda o ilegível,
aquilo que está escrito, inscreve-se à passagem»

a abertura a dois — o nosso toque,
o encontro da sede com a água

por um segundo, desperto: ¡é noite! —
assinto o gesto perverso de mais uma madrugada

«cuidado com esta chama» —
a luminosidade vinda do baixo umbral;

é uma trilha de iminências

...

...

as mesmas rotas, os falhos ritos: ritornelos;
a presença através da negação —
a ruína — a máquina a esticar o cordame:

«ali dançam os homens,
ali dançam os homens de punho cerrado» —
as matilhas hidrófobas de fardas-gris

...

e prossegue:

o maquinal descaso com o corpo,
este outro a transpassar depois da chuva
na árida multidão —

os ossos encobertos ...

sem hipóteses. de passos rasos. tortos. o pensa
mento ágil. o desvio. durante a noite. diante à noite.
indefinível. ainda. na ponta dos dedos. acesa. a palavra.
na ponta da faca. a fenda. profunda. na falta do outro.
a frágil verdade. a vigília. a anima. que dissolve. na água.

---

a entrecruzar os dedos
na ponta da linguagem

a tessitura ostensiva da palavra,

oficinas têxteis: no centro, à sombra
abaixo da luz;
acima, por dentro

tecer até os ossos, até a ponta da língua —

na penúria da palavra, tecendo...

fiandeira inflexível,
incapaz da pausa!

parte-se,
e perde-se a palavra
no delírio

como quem se despe da peça
ou da peça no delito é despojado —

assim, desnuda-se do dispêndio
até que se reste em qualquer vereda,
sem qualquer verdade

e diante da nudez,
diante de olhos nus, atônitos!,

possa vestir-se novamente

(interdito)

e frente ao outro

como a um espelho:
verter-se à linguagem

---

o pensamento

a percorrer o caminho:

do instante em que se abrem os olhos

até ao ímpeto ausente
no peito do destino

---

remonta o mote,
o lugar do medo

de algum modo [

] a desordem

das coisas naturais...

---

sempre a mesma ausência: tempo!

e sopra à memória os sedimentos do ano,
a aridez de um ano longínquo —

...

ontem, a letra perdida,
o receptáculo de vocábulos mortos

a hora incerta, progressiva —

envolvo às linhas,
impregnado aos fios de tal Acaso

e sopra-se no caminho:

¡angústia!
¡liberdade!

— onde estaremos, no além de tal passagem?

os finos fios do tempo
sopram sobre tantas páginas...

e por acaso: parlamos?

parlamos por palavras?

fr.5

você tem pressa,

mas o tempo perpassa a régua
e a escrita se dissipa na fissura...

o fato rege a imprudência das mãos,
e como se desperto, busca alimentar-se da tarde,
do escrutínio alheio:

¿e havia caçadas lá, então?
— só caçadas a homens...

(exóticos hominhos de insignificantes verdades) —

segue o tempo e a voz-de-ninguém se perde na passada,
experimenta-se o desastre como se pede um brioche:
[sem fome, imerso em amenidades...

esses espécimes-nada,
«se comprazem mais à lama, que em água límpida»

e, aqui, resta-se a ruína, o aniquilamento:
[o abandono...

---

a inoperância das palavras,
acéfalas, no indiscriminado descaso do dizer —

percorre-se a escrita enquanto rumam ao impossível,

desce a tarde rubra
e adentra-se nesse Estado de coisas,

(na incapacidade)
com a fúria concreta
tacitamente orquestrada —

«nous sommes ingouvernables» —
ingovernáveis, indassim previsivelmente abatidos;
vitimados
pela furiosa máquina do Acaso

---

há pressa
à aparência do além-hoje,

uma prece refugiada no não-sei-onde de ti;
de outrem —

e desce contra a raiz da razão
à chama de um messianismo débil

deita-se à calma;
à brasa do cigarro

presa —

em que nada dizer é ser tragado
na espiral, no espaço

na espoli-
ação

de si

contra o inexato

fr.6

o fogo existe — e o calor a partir dele —
que é um — e há o Outro: que se funde

incide assim no centro um duplo,
a entidade que decorre da combustão

e o enigma poético das chamas —
a dúvida impertinente a cruzar a obra:

¿arder como as páginas do livro
ou retirar-se como as mãos à flama?

...

um gesto de intimidade
e as palavras estão prontas para desdizer a obra —

juntos
à proximidade de um toque

e nada há que nos una —

...

«breve é a fala que não se pode dizer,
breve é a passagem que falha» —

mas se há a língua
não pode haver um único ser que fale

... ou se esgote
<c’os olhos> cerrados
na travessia

... que já não muda sua rota
tendo o céu à volta

juntos, na rua
em nossa rude
solitude

um centro vazio,
em tuas mãos
o oposto do frio

disseste: «não há vínculos!»,
em verdade

tão-só um estado que nos insta,
é vero —

um estar
que nos funde

(difunde)

um estado que
interdita
... em nós

(contra)
nós

o prelúdio
da dissolução

e frente ao fogo,
e novamente frente à obra —

decifrando o mundo
na ausência da fala

à força do ¡Não!

de um autêntico não que jamais
cala

fr. 7

<os cães> farejando as partículas com
seus fuços úmidos,
fragmentos de membros mortais...

¿o quanto <de ti>
ficou no suave capim?

e o quanto transpirou,
não por suas línguas ásperas,
mas por suas passadas...

...

respiração e olfato, em suma:
todo o nosso rastro

«os seres que eu amo são criaturas», escrevera
à certa distância do que se buscara dizer...

---

e foi a pequena cachorra cor de neve
a levantar o pó e o revoar das asas:
pombas-gris —

e veio o vento a tornar os arbustos,
e galhos ao chão abaixo

«les six suites pour violoncelle» —

e três eram os cães desconhecidos,
a ladrar o suposto gesto do bando

no fuço: o coração da amizade —

o dia era de nuvens,
nuvens sob o sol

e havia a falta de crença por entre os dedos pálidos
a contar as palavras entre as cordas,
a contar os passos em falso,
a cantar os mortos afora

...

e a cachorra cor de neve
com sua língua languida, inabalável

a derrubar as contas,
e as palavras —,

a sorrir

fr.8

o estalo da poda,
estalo e trescalo na borda da página —

no interim, o vento,
a presa do tempo que se esconde na linguagem

e a língua outra a adentrar em ti,
e se propagar
                    gélida de chamas...
                                        múltipla, inapta, imprudente —

a pressa do tempo a devorar-nos
com cordames espessos
                                a cerrar-nos da fala,
                                sufocar-nos a voz,
                                o ar...

e ainda que se possa questionar o poema,
este parolar vazio entre a torrente e o nada,

ainda que se possa questionar a tarde que deita no poente

algo da música permanece

sampleador <do som>,

ou o simulacro do silêncio...

sim!
indassim

há uma linda sombra [

] e irradia

[

] luz

fr.9

aos pés dos Andes,
turva-se a luz
                    célere
                              no vilarejo —
encurta-se o dia

en direción a las Mercedes

célere
          do trem
                              pralgum canto alheio,

o pensamento

em branco — alvo — e alvorece a noite, religiosa-
mente nos casebres velhos, de velhas construções...

as vagas do tempo
                              nesse entardecer-mais-cedo

a fuga do tempo na encosta-escura

                                        contra a palavra

ensurdece a ponta da tarde

...

numa ausência

... plena de paragens

os dias des-
contados na travessia,

em uma tarde que se quebra em silêncio;

rompe-se a contagem

e a escrita reduz — seduz:

a tocar-se na impossibilidade —

e nada do que é possível grita,
nada clama, nada se permuta

... como se perfurasse o tempo

de modo incauto

e rodeasse a tarde como se perfaz no giro o astro,
ou a roda em ribanceira —

mas o que seria o tempo

a tarde

ou o astro

com o cordame sempi-em-cerco?

---

o que seria este lampejo
que se acende céu adentro?

...

e permanece,

com as palmas sobrepostas
e o céu sobre os joelhos

a derrubar da mesa
o pensamento

fr.10

pensar com as mãos, a verdadeira condição do homem

e se mãos tivessem
bois, cães, corcéis, felinos

desenhariam a si como aos deuses,
com a símile artesania de suas próprias sinas

e ao alcance das mãos, esta certeza;
ao alcance das mãos, o impreciso desse toque

a percepção imprecisa
de uma impensável outridade

«é animismo, é tudo gente» —

e enquanto veem jogarem-se mais porcos ao purgatório
e, mais, à colheita repressiva, toda a gente

sorriem com risos calmos,
de uma calma peculiar <a cassetetes>

e, em passos-falsos,
repercutem
                              com seus antolhos de couro:

«vai-te à pocilga, e aos demais se agrega» —,

e à similia de porcos se assentam;
sendo no som
                                             no vulto
                                                                  e nas cerdas

e havia gritos, ainda

intactos
atados ao metal;

as patas amarradas,
o fuço; os tornozelos do bicho —

e escolhe a fala,
a faca;
o cutelo

língua-lâmina

(o assombroso som) —

reaparecem:
as vísceras perfuradas,

os pulmões, os fígados, os intestinos...

---

e permutam-se em decomposição os mesmos corpos,
cálidos de deuses ou na angústia negativa dos viventes

e retoma a repetição incisiva contra esses seres:

a frequência já lida nalgum canto —
à sombra do clariscuro;
à sombra da umbrela de quem ombreia o terror

---

há a extinção, a repetição de vozes, a autoria devastada;
a mixagem mesma do homem com a imagem —

contra sua própria <e suposta> natureza

---

e quando <eles> nos veem: feito-barros,
não se moldam <como nós> em rubra-terra;

desse modo, o dito infame e autoritário se perfaz:

se faz do porco tua caça, não é ao porco semelhante —;
se essa gente então devora — a gente tal não se faz similar.

Apud. Antônio Lobo Antunes, Eduardo Viveiros de Castro, Herberto Helder, Homero & Xenofanes

fr. 11

está aqui,

desce a alameda em seu mutismo profundo,

e atravessa em direção às árvores,
os pés sobre o chão

os passos
c a l m o s
sobre a terra húmida —

as flores secas a umedecer
na pressão dos pés,

a impressão de um falso açafrão-da-terra;

as pétalas de ipê em putrefação,
de um amarelo sujo,

no sibilar do vento

e assim seguimos

a travessia cotidiana de uma escrita espessa
no pontiagudo das pedras

não obstante
                    o obstáculo do vento,

os toques subtis dos galhos e folículos de palavras —

algo do tempo ancorado
num espécime de ocaso gris,

o bambear célere dos bambus
como a cortar a aridez do texto,
                                        de um pretexto da fala —

...

a voz múltipla,
indissociável da zona cinzenta do céu,

a voz ...

imensurável <era> a sonoridade da escrita

está aqui

] e agora já não está mais [

foge às palavras

inquieta à ideia do tempo
com sua gramática primitiva,

inquire contra si
a ferir a abertura,

a perscrutar cada gesto na vigília,
a perscrutar o pensamento,

o instante inenarrável
que sombreia à margem

a desdourar o curvar do céu

copa acima,

acima das palavras

fr. 12

noite

a mesma imagem da chuva
sobre o campo —

o céu em síncope,
os flashes sobre o breu

(um instante alvo)

o campo escuro,
o clarão no *Campotinto*;

o descampado
tingido de uma fúria rubra
no parreiral seco da estação:

«aqui — não me pertenço» —

¿mas qual o pertencimento
que há — a sós — no tempo?

o campo imenso,

o mosto em barris de carvalho — e a insaciável rapidez
com que se tornavam as garrafas de tannat —

e os frutos secos sob o sol,
os pães e o aceite sobre o prato-raso embebidos;

um instante: serenidade —

...

...

...

...

e continuamente
à sombra
as fiandeiras persistem

como as taças são tomadas,
como ao desvelar da tarde deita o sol no ocaso

...

e os dois,
frente ao acontecimento

...

tangenciam-se

embriagados

(EXPOSIÇÃO: 1992)

do outro lado do vidro,
um bracelete de Nápoles dourado —

o desejo do furto,
todo um impulso da posse que não demove

(*o desconhecido:*
de um pulso tresloucado)

ouro — serpentino

o jade ausente jaz à peça
presa no museu de tal lembrança —

---

trago-te hoje o: sim!
o Anel

à ausência de um velho bracelete

] que se desloca à sombra [
] à míngua da memória [

] do que advirá [

e no coração do ¡sim!

] o sopro [

o calor do sol
pela manhã

---

no quarto, a dois
no interior do quarto

acende-se ao peito
o descontínuo de nós

apenas no corpo —
la petite mort

contra a morte

os dilemas divididos;
o trovoar dos corações —

a lúgubre vela dos relâmpagos;
— esse desmedido abismo —

o uno gozo de dois de nós
possa contra a morte

possa: perdurar...

fr. 13

___________ oferendas para ninguém,

ninguém, a quem deixar-se um rastro,

um gasto frasco
                    de um querer qualquer

...

indo...
          agora, chegando:

de novo, a aparição do velho utensílio —

as marcas da cerâmica na duração do tempo,
as marcas do bolor sobre os grãos
                                        carcomidos pela noite;

oferendas para ninguém...

alguém

andando, agora, sobre a terra morna
em nenhures,

defronte do tempo

---

ouvia-se à noite

ao fundo

em murmúrios —

ouvia-se a noite
o idioma místico no frescor da boca

ouvia-se o bater das mãos
a jogar com os dedos o texto incalculável,

a oralidade perdida
entre o fumo e o respingar do álcool

o canto flui,
as estações retornam,
e a memória...

ontem lembrei-me de Nazca, do deserto

as linhas gravadas vistas pelo céu,
os motivos geométricos cavados no pulsar do vento

zoomórficos, distópicos, antepassados

a expressão das linhas sobre o tempo
a desertificar o pensamento leigo,

as linhas do ponto de vista de uma velha engrenagem

a voar sobre o passado

...

ontem lembrei-me de Nazca, do deserto...

das artesãs que bordam
incessantemente
as mesmas linhas...

...

lembrei-me de Nazca, do deserto...

---

a permanente ausência do sagrado...

fr.14

golpeou ...
e caíste como um abeto <aberto ao meio>
ou um pinho pendido pelo silêncio [

] o mutirão de madeireiros,
com seus braços ou a *techné* imposta
<sobre a floresta>

] e muito [

imensa dor se apoderou

] o luto [

a-honra-dos-ancestres
jaz sem jarro em tanta dor

a encobrir a pólis

com o pó

o pó <do> imponderável

(490ac – 2020dc)

e falava-se

das camadas:

sedimentos —

os fragmentos da pedra
que percorrem como um rio
a contratura do tempo,

a agressão do solo
a impor à raiz com pulso rijo:

«o corre-calhau»,
«a carnagem-movediça» —

as copas das árvores a esconder o azul,
o pré-fabricado dos corpos crus sob o jornal

escava-se a fundo a casa
a recolher o nó de uma alcova

que deveras inexiste —

] contempla-se a dobra [

e escava-se,
escava-se profundo

...

os microssegundos
a ventar pelo milênio afora

...

a raiz
a reacender a chama mesma do desastre —

o resto, o rastro da palavra des-
coberta ...

... último suspiro

a enraizar os pés na terra

e inscrever a ausência
no princípio da razão

Tunga - Sem título, da série trança - 2007 Fio de chumbo trançado

fr.15

no abrigo,
a sucessão da ordem —

«a jovem menina de belas tranças»

o entrelaçado da fala,
da fala que jamais canta

---

as palavras se movem presentes
no tempo passado

essa trindade
a tecer com o tempo:

os três fios traçados,
distintos

em *continuum*

um só lamento

...

] vir a ser [

disperso

qualquer coisa

alguma:

contra o vento

fr.16

descia imponente
com uma violência espessa,

um alúvio brutal —

o rio-corrente a percorrer
as campas, as camas, os campos

a paixão, sim, havia! — a miríade de sangue

o fio, a cepa interrompida —
na maquinação desenfreada dessas parcas impulsivas

um rio sanguíneo que consumia
os corpos em combustão —

a carnagem do impossível
a assolar a aridez de um campo inóspito,

a desolação da carne, da tarde, da anima...

mas inundava tudo, furibundo
em sua travessia

e ela que vagarosamente comia um pedaço da papaia
entre os risos e a fala doce, se abateu tresloucada;

e a loucura decaiu sobre o dia —

de súbito recolheu as sementes da amargura com os dedos
e espremeu-as na argila do pensamento:

«os nomes, as imagens, os devaneios, os desejos nada
[discretos» —

ardia assim em sua ferocidade fulgurante,
a quebrar as vírgulas e pontos da fala;

a bater com as mãos
na ponta do pensamento

à volta,
o farfalhar de falas anônimas,
os temas desconexos

...

os passos pesados
que atravessam de um a outro cômodo,
as <falas> egóicas

«murmúrios, ah!, havia,
os murmúrios cotidianos
de uma suposta cordialidade»

...

e ela
que vagarosamente aquietou,
fechou-se em si mesma —

e calou-se!

pétrea
como uma estela

à luz tardia
de um novo <ciclo>

em recomeço

fr.17

e descíamos,
descíamos sucessivamente,
descíamos quando pequenos entre os cães-capins

descida
de ralar a pele —

morro abaixo, entre ralos e capotes —
nos rasgos de pequenos jeans...

e descíamos,
descíamos sucessivamente,

descíamos
morro abaixo,

erámos os maltrapilhos do barranco,
únicos, entre os verdes mantos —

e já havia o fenômeno,
a tessitura do tempo:

«cose — costure, costure esse tecido!
isso, no joelho, a perninha do tempo!» —

assim tramava a velha fiandeira,
a costurar o por-sol com seus remendos

---

atrás dos olhos

trago à presença a recordação —

deslizo o pensamento desse tempo antigo;
um aroma-imagem — a ouvir velhas vozes,
o ouvido para o mar

algo como um álbum
com gestos
                    e risos longínquos

a presentificar
o não-aqui

vozes perdidas nalgum canto:
memória-algures —

um espectro há de cruzar o descampado,

... entre vigília-e-visão ...

o retalho de um lugar distante
(a lonjura-afeto)

...

que se reconstrói no contratempo,
a contrapelo, teimando contra os fatos

a sós no tempo —

flanando

no sem-fim

desse tormento

fr.18

aqui, ainda estamos — fechados ao céu
enquanto deitam a carne à terra os desprovidos,

ou proveitosamente cria-se algo como uma fogueira,
uma clareira na essência da tarde —
como um conjunto de palavras que não há de ser lido,

um conjunto, fechado em sua indeterminação,
em sua apatia frente à peste —

(não sei quanto ainda há por se aguentar...)

---

desce-se à rua: vazia —

os nomes perdidos em algoritmos,
os olhares temerosos de quem sobrevive à língua-mãe —

há uma mudança,
uma espécie de mutação de nós
no egocentrismo dessas paredes grossas

«a doença incurável é a regra, não a excepção»

e deita-se o antigo na pedra gélida do esquecido,
na virtualidade de nosso alpendre
enquanto somamos um cem-números de nós —

---

não se amarra ao amor o tempo

já sem sintomas

nos perdemos
no vazio da negação...

fr.19

a infringir o olhar subtil do silêncio
entre o próprio e o estrangeiro —

a adaptabilidade que nos encobre a alma,

a coação,
a equação mesma do incêndio:

«viva sozinho
ou seja como nós» —,

à angústia desce uma lágrima indizível
na solidão inda sem voz:

«cuidado, ele morde!» —

ou mordem-se os lábios invernais
de um ocaso vindouro

deita-se, então, à face,
deita-se sobre a perversa autoridade,

...

deita-se
os olhos encobertos

essa vontade,

essa vontade de potência

[

]

brada
incessante,
brada contra as linhas do tempo

e incapaz do dizer,
desprovido da fala

tomba

na repressão do silêncio

deita teu rosto como se motejasse ao vento,

como se cantasse inabaláveis moções destrutivas
canta em silêncio
                              por detrás dos olhos suspeitos —

e cede a fala mais antiga:

«é necessária uma degradação
completa dos costumes» —

mas o que reina é a ferida:

dê a cada homem o que merece
                                        e quem escapará do açoite ...

                         ... quem a si violará ou a outrem —

é o que dizia!

é necessário romper os diques da repressão,
cruzar as milhas, verstas e quilômetros

de uma nova gramática —

...

e nos sulcos-gris
do terréu impróprio
irromper ...

a palavra nova

] de uma potência que destitua [

irromper

... o silente-anseio
a emancipar-nos

... a nós
de todo o emaranhado

fr. 20

atento:

a profundez dos cúmulos-nimbos,
o quase-estático dos céus —

a sonoridade de um rio distante

atento —
                    os sinais do imprevisto:

sereno
sob à claridade —

¿o que há de se perguntar
do nosso saber no mundo?

a vigilância a capturar o nada

a desvelar sobre os olhos vedados:

abrupta,
uma espécie de paz

...

a ave de rapina

(em seu estado de alerta)

na alta corrente, onde jamais
se consegue estar — suspensa

um corpo espesso, flutuante
tecido da mais negra seda —
do tempestuoso vendaval ...
...

e nem com o infortúnio de seu olhar longínquo,
nos toca com a sombra das asas — imensas do destino

...

aberto

(o não-lugar daqui)

em refúgio [
]

fluindo...

irregular ...

a queimar em pleno pé:
róseo, cavalar, rugoso —

quando à mesa jaz disposto
e a mão o esmaga com a faca cega

(a escorchá-lo contra a murchidão)

a força empregada
abre-o ao vazio ...

e diretamente ao centro
desse fruto amargo — cravo —,

um indistinto caldo alaranjado cai

desce
em direto ao amargor

e estala-se na pedra glacial

reposta com a água gaseificada

na lucidez:
a remontar o fio

mais profundo que o rio

à beira da lembrança se põem os frutos
murchos entre a brancura dos fungos —

puxam a memória para baixo dos galhos;
caídos, pesados, como mãos a se largarem

o sol cálido sobre os galegos
no entardecer da memória

...

no sumo inda guarda o pleno,
oculto,
quase inteiro
                    das passagens —

e os gritos dos pequenos
                                        <no relvado>

sob o sol,
à sombra —
à intempérie

no olhar distante dos primatas, acima,
ou abaixo, no rasteiro dos teiús —

ou à revoada anual das tanajuras
a imprimir o transitório
<das paragens>

---

e ladraram cães,
as lágrimas diversas correram <pelas>
faces rosadas,

o riso sumiu

e os pés espinhentos desse ecossistema
inda perduram,
com seus frutos macerados de sol

e seu sumo pleno
de memórias

fr. 21

<¿Coro?>

viajei de volta, retornei às mesmas ruas,
incansáveis ruas de outrora
e lá pude ver ...

há por aqui muitíssimos templos;
drogarias onde havia bares; e comércios
de alta onda pra pobres lares;
...
incansáveis corpos torpes
projetando suas sombras
sob a mesmíssima imagem
e os lábios em solo
a sussurrar:

— eléla-que-nada-vê,
eléla-que-nada-faz —:

«há mortos — deveras, o negror
da morte — e o entorno prossegue
obstinado, empilhando corpos»

...
...

...

retornei às mesmas ruas
ante as inumeráveis tendas de campanha;
inacabadas, em ruinas ...

as urnas habitadas
da anima — sem lastro, já sem nomes;

sem ritos de passagem:

«C'est moi dans la poubelle»,

no fim da partida
somos nós os enlutados ...

fr. 22

duração —
quem é o tempo diante-de-si

<na caminhada>

(a percorrer contra o concreto-em-água)

a chuva de vento
desse tempo não medível

(submersos os pés)

... a totalidade do caminho
à chuva grossa da tarde ...

ainda-não,
ainda-aqui

(a distração, o falatório, os ruídos da cidade)

a origem de quem se busca —

a vigília: quem és?

e percorre ...

...

e inunda ...

...

seu percurso,
[

]
...algures

...

... a escoar ...

(o chão molhado)

... aqui

fr. 23

o sentimento da escrita
a soprar
sobre os vãos das páginas

o passado em regresso
a ruir sobre mesma rota —

o espanto
como se tocasse à pedra

...aferir o que a palavra vela
à sucessão ... doutro sol —

ater-se à espera que impera...
a cada dia ... ao pôr-do-sol,

que tece ... que desvela...
...à distância de um atol

---

talvez seja a hora
ou ausência do tempo

sem saída: ...a permanência —

seja talvez a quietude
este outro lugar em nós

---

na verdade,
estou perdido

passei as últimas noites

a arrumar
o desmedido —

fr. 24

aperto:
mais perto do interior do peito,

a abertura contra a copa:
o o l h a r,
¿diante-do-que?

a cepa contra o azul de nós —
o céu aberto, mais perto ...

algo sem palavras na clareira desse instante

---

aproximo
l e n t a m e n t e
toco-o ao decair no mundo —

inspiro ...

o pólen a cair por entre os dedos da mão

(o negror)

esse lugar de falta,
essa abertura

a angústia imprópria a derruir sobre nós

---

infamiliar,

sigo :: permaneço,
o retorno por essas alamedas

a indeterminação
em toda-parte-alguma;

(o tempo a criar-se a si,
um tecer contínuo
no mundo)

---

era a casa
um lugar de ausência

um não-estar-aqui:
era a imagem mesma da casa —

(inóspita)

amanhecia na janela,
o céu sem o sol —
                    um acontecimento possível,
                    estranho

o Outro lado,
esse hospedeiro hostil —

abandonado de si:

... vestígio,
... vertigem

[

] posto em liberdade —

...

o tempo desolado,
venta —

o dançar caótico das sombras

(a folhagem)

súbita:
uma réstia de luz,

o chão de terra encoberto por palavras

---

a água corre à superfície do medo,
caminha em direção à perda

carrega o impossível
sobre o branco da página

...

diante-de-si, o encontro
[
                                        ] do Outro

[   ] aí:

a impossibilidade de se nomear

o ser-do-não-ser

aberto

...

em si...

fr. 25

deixar a língua outra adentrar ao texto

percorrer nos sulcos
a ausência de uma fala doce —

(*¿que falta te faz o vento?*)

o uso inapropriado da técnica
a deitar à terra

(*que restará*)

de véspera — quando já não houver sol:

«o tempo de sementeira»

(*somente*)

na tessitura das palavras,
no desenlaçar do tempo
para além da obra

(*um sopro*)

no profundo e sonoro esquecimento

(*rumo ao entardecer*)

incontido...

enquanto perdurar a anima

(no coração)

fr. <final>

insone —
pelas 3h45...

(do Norte rompe-se o padrão da atmosfera) —

a água gelada na garrafa de vidro...

pela janela do 8ª andar
vejo o vapor descer sobre o asfalto sujo

(o ar sufoca)

um aparente silêncio das ruas que nunca silenciam

o suor a descer à testa,
a nos testar o limite do calor;
limítrofe —

...

(a fuga do sono)

...

é como se através do concreto fosse possível ver
o fogo percorrer o trilho de sangue —

---

em algum lugar ao fundo é visível,
é audível
e Arde!

---

desperto:

«não se deixe cair» —

a travessia que desce o horizonte não há de tocar o chão…

sem vestígios, as centelhas invisíveis —

as centenas de milhares de moscas sobre a pobre imagem,
sobre sua linguagem indefinida;

sobre o seu mísero ser

...

...

«são as pedras no interior da terra»,
«são as pedras!» — eu digo,
«são as pedras!»,
«o ser feito de pedra»

e não há ausência que não sejam pedras...

a luz tangencia a imagem do pensamento:
por instantes, o silêncio

(faúlhas) —

esse idioma perdido,
as palavras derruídas...

«há entre nós um momento terno,
de vaga lembrança» —

...

o pensamento antigo renúncia qualquer sentido:

«digo: toma um trago,
observe à margem — o sol que se desvela» —

...
...
...

e rompe-se ao norte
o campo calcinado:

a imagem da chama a queimar o fósforo,
a pequenez do fumo a queimar entre meus dedos,

o peito a calcinar no tempo,
a presença impotente

...,

---

por um instante desperto

---

a sina tamanha deste tormento:

o tempo ata tuas mãos,
apressa tua fala, o tempo
desgasta no coração o tempo,
tempo revolto;

os
l u g a r e s
do tempo —

antes de nós, o tempo
o início do tempo, em nós

o vento errante que trespassa a noite —

«¿de onde vem esse rumor?»,
«¿de onde desce o murmurar da tarde?», —

---

o eco silente de sua própria voz

e se enumera já sem nome:

[

] já não-homem,

que habitou

(outrora)

o seu lugar

a sorrir,
no lugar do fogo

o sorriso que ainda espreita,

e declara co's ossos esfumaçados da boca
o que há de falho ...

a ruir

...

na raiz [
] do ser

---

esquecimento:

vir [
] a
[
] ser

...

uma faúlha

[ ] no tempo.

Frans Krajcberg. Pulmão do mundo - 2012
(Enku Grand Award Exhibition).

"Não escrevo, encontro imagens"

Frans Krajcberg

<súmula / epílogo>

«a linha — é um campo aberto»
e não se destina a qualquer domínio

não destina ao outro, se não a si como o interdito;
não se destina ao tempo,
ao nome
ou à obra

o corpo é um campo aberto,
um mosaico insone;
selvagem —

uma linha tênue em andamento;

(os fios, tão finos fios, que tanto intentam...)

e, como se diz, à ponta da língua:
se interligam à superfície do erro —

e abre-te pela boca um lugar imenso

e, ainda que imerso no mundo,
incide a língua que nada emite,

senão do traço, do tato; da divisa —

e retoma o nome
a despir de si a lida,

que cumpre tecer em *continuum*,
tecer contra o limite do tempo,

sem qualquer propósito,

sem propósito aparente

Impresso em papel polen soft,
tipologia Minion Pro 12/16, na primavera de 2021.